Les Villanelles

DE JOSEPH BOULMIER

AVEC SES POÉSIES

EN LANGAGE DU XVe SIÈCLE

DEUXIÈME ÉDITION

Ornée d'une Eau-forte

Par Ad. Lalauze

PARIS

ISIDORE LISEUX, EDITEUR

RUE BONAPARTE, N° 2

1879

VILLANELLES

OUVRAGES DE L'AUTEUR

PROSE

ESTIENNE DOLET : sa vie, ses œuvres, son martyre. *Paris, Auguste Aubry*, 1857, in-8.

POÉSIE

ODES SAPHIQUES. *Paris, Firmin-Didot*, 1852, in-18.
RIMES LOYALES. *Paris, Poulet-Malassis*, 1857, in-18.
LÉGENDE D'UN CŒUR. *Paris, l'Auteur*, 1862, in-18.
RIMES BRUTALES. *Paris, l'Auteur*, 1864, in-8.
PORTEFEUILLE INTIME. *Paris, l'Auteur*, 1864, in-8.
RIMES CHEVALERESQUES. *Paris, l'Auteur*, 1868, in-8.

Paris, — Typ. G. Chamerot, 19, rue des Sts-Pères. — 7430.

I. Liseux éd Ad. Lalauze del. & sc. Imp. A. Salmon

Jà sont venuz ouvriers d'Amour ;
Ouvrez vos petitz cueurs, les belles !

Les Villanelles

DE JOSEPH BOULMIER

AVEC SES POÉSIES

EN LANGAGE DU XVe SIÈCLE

DEUXIÈME ÉDITION

Ornée d'une Eau-forte

Par AD. LALAUZE

PARIS

ISIDORE LISEUX, ÉDITEUR

RUE BONAPARTE, N° 2

1879

La première édition de ces Poésies, tirée à cinq cent cinquante exemplaires (Paris, 1878, in-18 raisin), a reçu du Public lettré, en France et en Angleterre, un accueil qui nous engage à les réimprimer dans notre Petite Collection, *où figurent déjà deux volumes de Joachim du Bellay et la* Pancharis *de Jean Bonnefons.*

Cette deuxième édition n'est tirée qu'à sept cent cinquante exemplaires. Elle reproduit exactement le texte de la première, sans aucun changement, et se recommande en outre aux amateurs par une charmante eau-forte du rival moderne des Eisen et des Gravelot, Ad. Lalauze.

(Avis de l'Éditeur.)

NOTICE PRÉLIMINAIRE

LA

VILLANELLE DE PASSERAT

Le mot « villanelle » se rattache à l'espagnol et à l'italien *villano*, villageois, paysan, en vieux français « vilain »; le tout remontant au latin *villa*, métairie, maison des champs.

Villancejo, villancete, villancico, tels étaient les noms castillans de cette sorte de petit poème; *villanciquero*, « villanellier », désignait un faiseur de villanelles. C'est ainsi que la duchesse de Bouillon appelait son la Fontaine un « fablier ».

La villanelle était, à l'origine, tantôt une pieuse et naïve cantilène que les pauvres serfs attachés à la glèbe entonnaient en chœur sous leur agreste chaume, aux longues veillées des environs de la Noël, tantôt une chanson pastorale faite pour accompagner leurs danses rustiques sous la naissante feuillée d'avril.

Plus tard, — je veux dire vers la fin du seizième siècle, — ce fut tout simplement une espèce de romance tendre et galante, ou même, parfois, une chansonnette passablement leste et grivoise. Nos bons aïeux étaient coutumiers du fait.

Avant d'aller plus loin, je dois faire observer que la villanelle n'a jamais été, — comme par exemple le triolet, le rondeau, le sonnet, la ballade, le chant royal, — une forme poétique d'un rhythme spécial et rigoureusement défini. Elle appartient à la famille plus indépendante de l'ode, du madrigal, de l'épigramme ; et, sauf un refrain quelconque, toujours obligatoire, — puisque sa nature est de pouvoir être chantée et même « dansée », — chacun, sans hérésie aucune, peut la revêtir du costume qu'il préfère. Affaire de goût.

Témoin la jolie villanelle de Philippe Desportes, — il n'a fait que celle-là malheureusement, — que tout le monde, le monde lettré bien entendu, sait ou doit savoir par cœur :

VILLANELLE

Rozette, pour vn peu d'absence
Vostre cœur vous auez changé,
Et moy, sçachant cette inconstance,
Le mien autre part i'ay rangé ;
Iamais plus beauté si legere
Sur moy tant de pouuoir n'aura :
Nous verrons, volage bergere,
Qui premier s'en repentira.

Tandis qu'en pleurs ie me consume,
Maudissant cet esloignement,
Vous qui n'aimez que par coustume,
Caressiez vn nouuel amant.
Iamais legere girouëtte
Au vent si tost ne se vira;
Nous verrons, bergere Rozette,
Qui premier s'en repentira.

Où sont tant de promesses saintes,
Tant de pleurs versez en partant?
Est-il vray que ces tristes plaintes
Sortissent d'vn cœur inconstant?
Dieux, que vous estes mensongere!
Maudit soit qui plus vous croira!
Nous verrons, volage bergere,
Qui premier s'en repentira.

Celuy qui a gaigné ma place
Ne vous peut tant aimer que moy,
Et celle que i'aime vous passe
De beauté, d'amour et de foy.
Gardez bien vostre amitié neuue,
La mienne plus ne varîra,
Et puis nous verrons à l'espreuue
Qui premier s'en repentira.

Témoin encore les deux ou trois villanelles que l'on rencontre dans l'*Astrée*, au nombre des poésies qui en émaillent assez heureusement la prose monotone et assoupissante.

De ces deux ou trois villanelles, je vais en transcrire une, où d'Urfé me semble avoir eu, notamment dans le couplet où il est question de « la girouette », une formelle réminiscence de son devancier Desportes :

VILLANELLE D'AMIDOR

REPROCHANT VNE LEGERETÉ

A la fin celuy l'aura
Qui dernier la seruira.
De ce cœur cent fois volage,
Plus que le vent animé,
Qui peut croire d'estre aimé
Ne doit pas estre creu sage;
Car enfin celuy l'aura
Qui dernier la seruira.

A tous vents la girouëtte
Sur le faiste d'vne tour,
Elle aussi vers toute amour
Tourne le cœur et la teste.
A la fin celuy l'aura
Qui dernier la seruira.

Le chasseur iamais ne prise
Ce qu'à la fin il a pris;
L'inconstante fait bien pis,
Mesprisant qui la tient prise :
Mais enfin celuy l'aura
Qui dernier la seruira.

Ainsi qu'vn clou l'autre chasse,
Dedans son cœur le dernier
De celuy qui fut premier
Soudain vsurpe la place;
C'est pourquoy celuy l'aura
Qui dernier la seruira.

J'arrive au moment où l'histoire de la villanelle devient tout à fait curieuse.

Un beau jour, après avoir parlé successivement du rondeau, du triolet, de la ballade, du lai, du virelai, du chant royal, l'auteur de je ne sais plus quel traité de versification, bâclé à la diable comme ils le sont à peu près tous, abordant à la fin la villanelle, eut l'idée, ou plutôt la chance, de citer comme modèle de ce dernier genre, — en quoi du reste il n'avait pas tort, — certain naïf chef-d'œuvre échappé, Dieu sait comme, à la plume du savant Passerat.

Bien que je l'insère plus loin, en tête de mon humble volume, comme on ne sera pas fâché, j'en suis sûr, de le savourer deux fois, je me hasarde à le placer encore ici :

VILLANELLE

I'ay perdu ma tourterelle :
Est-ce point celle que i'oy ?
Ie veus aller aprés elle.

Tu regrettes ta femelle ?
Hélas ! aussi fay-ie, moy :
I'ay perdu ma tourterelle.

Si ton amour est fidelle,
Aussi est ferme ma foy ;
Ie veus aller aprés elle.

Ta plainte se renouuelle ?
Tousiours plaindre ie me doy :
I'ay perdu ma tourterelle.

En ne voyant plus la belle
Plus rien de beau ie ne voy :
Ie veus aller aprés elle.

Mort, que tant de fois i'appelle,
Pren ce qui se donne à toy :
I'ay perdu ma tourterelle,
Ie veus aller aprés elle.

Ici j'ouvre une parenthèse.

Ceux des lecteurs de ma génération qui n'ont pas encore mis de côté leurs vieux souvenirs de collège se rappelleront sans doute, à ce propos, une toute petite pièce, inspirée par le même sentiment doux et candide, et citée par le bon abbé Tuet dans son *Guide des humanistes,* avec une traduction en vers latins. C'est un dialogue entre un passant et une tourterelle. Je vais le reproduire de mémoire, car je ne l'ai jamais oublié :

LE PASSANT

Que fais-tu dans ce bois, plaintive tourterelle ?

LA TOURTERELLE

Je gémis : j'ai perdu ma compagne fidèle.

LE PASSANT

Ne crains-tu pas que l'oiseleur
Ne te fasse mourir comme elle ?

LA TOURTERELLE

Si ce n'est lui, ce sera ma douleur.

L'auteur de ce gentil dialogue avait lu, je le parierais, la villanelle de Passerat. Mais, comme on dit, revenons à nos moutons.

La tourterelle de Passerat une fois lancée dans la circulation, qu'arriva-t-il ? Tous les traités de versification qui se succédèrent et se copièrent « à la queue leu leu », escortant telle ou telle grammaire, tel ou tel dictionnaire de rimes, ne manquèrent pas de la ramener en scène, et surtout de la présenter comme un type dont il était absolument interdit de s'écarter.

J'en connais même qui ont été jusqu'à en donner ainsi la recette : « La villanelle se fait sur deux rimes, l'une en *elle* et l'autre en *oi.* »

C'était raisonner en *oie,* calembour à part. Après cela, suivant l'expression vulgaire, on n'a plus qu'à tirer l'échelle.

Eh bien ! je le déclare sans crainte : on peut, comme je l'ai fait moi-même, feuilleter l'un après l'autre tous les traités de versification du quinzième et du seizième siècle ; on n'y trouvera pas la moindre trace de la tourterelle de Passerat, c'est-à-dire rien qui ressemble à ce joli rhythme.

Bien plus : après avoir interrogé scrupuleusement, page à page, le recueil complet des poésies françaises de Passerat, publié en 1606, je n'ai pu y déterrer que deux villanelles.

C'est de la seconde que j'ai parlé tout à l'heure.

Quant à la première, la voici :

VILLANELLE

Qui en sa fantasie
Loge la ialousie,
Bientost cocu sera,
Et ne s'en sauuera.

Qu'on mette en vne cage
Cet oiseau sans plumage :
Bientost cocu sera,
Et ne s'en sauuera.

A contempler sa mine
Qu'vne coëffe embeguine,
Bientost cocu sera,
Et ne s'en sauuera.

Son regard se rapporte
Au tor (1) qui cornes porte ;
Bientost cornu sera,
Et ne s'en sauuera.

(1) Taureau.

Son front, qui bien retire (1)
A vn cornu satyre,
Bientost cornu sera,
Et ne s'en sauuera.

On le voit : c'est tout bonnement une grosse « gauloiserie », et rien de plus; ni pour le fond, ni pour la forme, on ne peut rapprocher cette villanelle de sa sœur cadette, — la vraie, la bonne.

C'est le rhythme de cette dernière que, naturellement, je me suis empressé d'adopter.

Je m'étonne seulement que personne encore n'ait constaté que Passerat en était bien, sans aucun doute possible, le premier et l'unique inventeur.

Que voulez-vous ! Il en est probablement des inventeurs littéraires comme des autres : *habent sua fata*.

Il serait à désirer, j'en conviens sans peine, que dorénavant cette forme si heureuse

(1) Qui fait songer à...

de la villanelle devînt définitive, comme l'est depuis longtemps la forme du sonnet.

En ce cas, on pourrait en formuler ainsi les règles :

Le vers de sept syllabes, pimpant et dégagé d'allure, est le vers attitré de la villanelle.

Elle se fait sur deux rimes, féminine et masculine. On peut, à volonté, commencer par l'une ou par l'autre. Masculine ou féminine, la rime initiale, donnant le ton à la pièce entière, est et se nomme la « dominante ».

Il en est, à cet égard, de la villanelle comme de ce charmant rhythme du seizième siècle, où la dominante est masculine :

Quand ce beau printemps ie voi,
I'apperçoi
Raieunir la terre et l'onde,
Et me semble que le Iour
Et l'Amour
Comme enfans naissent au monde...

et qui a été repris ainsi de nos jours, avec la dominante féminine :

Sara, belle d'indolence,
Se balance
Dans un hamac au-dessus,
Au-dessus d'une fontaine
Toute pleine
D'eau puisée à l'Ilissus.

La villanelle se compose, en tout, de cinq tercets suivis d'un quatrain. Plus, ce serait trop : on mettrait du plomb aux ailes de ce léger poème.

La dominante commence et termine chaque tercet, au milieu duquel s'insère la rime non dominante.

A partir du deuxième tercet, le premier et le troisième vers du premier tercet servent tour à tour de refrain. Il importe de les ramener d'une manière tellement exacte et naturelle que l'un quelconque des deux ne puisse pas, tout aussi bien, prendre la place de l'autre, et réciproquement. C'est un défaut que je n'ai pas toujours su éviter.

Ce premier et ce troisième vers, qui renferment en eux le sentiment ou l'idée dont la pièce entière n'est que le développement, se placent ensemble, comme un bref résumé, au bout du quatrain final.

J'ai essayé de faire pour la villanelle ce que, bien avant moi, Voiture a fait pour le rondeau; en d'autres termes, j'ai rimé tant bien que mal une villanelle « technique », une villanelle donnant les règles de la villanelle. Je ne sais trop si j'ai réussi. Bah! la voici, quand même :

POUR FAIRE UNE VILLANELLE

Pour faire une villanelle,
Rime en « elle » et rime en « in »,
La méthode est simple et belle.

On dispose en kyrielle
Cinq tercets, plus un quatrain,
Pour faire une villanelle.

Sur le premier vers en « elle »
Le second tercet prend fin ;
La méthode est simple et belle.

Le troisième vers, fidèle,
Alterne comme refrain
Pour faire une villanelle.

La ronde ainsi s'entremêle ;
L'un, puis l'autre, va son train :
La méthode est simple et belle.

La dernière ritournelle
Les voit se donner la main :
Pour faire une villanelle
La méthode est simple et belle.

Ce vilain mot de « technique », dont je me suis servi tout à l'heure, me fait songer à une chose : c'est que le procédé matériel n'est rien, si l'on n'y ajoute la « manière de s'en servir ». L'outil n'est rien sans la façon.

La façon, ici, c'est le style.

En fait de style, ce qu'il faut avant tout

à la villanelle, c'est du tendre et du naïf. Les souvenirs aimés, les mirages du cœur, les divins enfantillages de l'amour, voilà son meilleur domaine. Cependant, comme elle est bonne fille, elle consent parfois à être sérieuse. Mais ce qu'elle abhorre, et à juste titre, — en raison de son origine paysanne, — c'est l'emphase, la sonorité banale, la mièvrerie prétentieuse, la jonglerie des mots. « L'anguille aime à être écorchée vive, » au dire de la *Cuisinière bourgeoise ;* la villanelle n'est pas de cette humeur, et à ceux de messieurs les Parnassiens qui prétendraient l'accommoder de la sorte, elle répondrait aussitôt par cette apostrophe, un peu rude, quoique évangélique : « Hommes, qu'y a-t-il de commun entre vous et moi ? »

Je crois vraiment avoir épuisé, dans ce qui précède, tout ce que j'avais à dire au sujet de la villanelle, principalement de celle que cet excellent Passerat a créée et mise au monde. Pour finir, maintenant que l'on connaît la fille, quelques mots sur le père ne seront peut-être pas de trop.

C'était un fin et déluré Champenois, — en dépit ou peut-être même à cause de la « trogne » plantureuse que nous offre son effigie gravée dans l'édition de 1606 ; — et ce n'est jamais lui qui a dû compléter la centaine dans le fameux et stupide dicton avec lequel on a si longtemps calomnié sa province.

En cela, je ne prêche pas pour mon saint, car j'ai l'honneur d'être Bourguignon : mais... la justice avant tout.

Jean Passerat naquit à Troyes, le 18 octobre 1534, et mourut à Paris, le 12, d'autres disent le 14 septembre 1602. Je n'entrerai pas, sur son compte, dans de longs détails biographiques : on les demandera, si l'on veut, à la *Biographie universelle* des frères Michaud ou à la *Biographie générale* de MM. Firmin-Didot. Régent d'humanités au collège du Plessis, commensal pendant vingt-neuf ans du maître des requêtes Henri de Mesmes, successeur de l'illustre et infortuné Ramus dans la chaire d'éloquence latine au Collège royal (aujourd'hui Collège de France), il fut l'un des auteurs de la célèbre *Satyre Menippée*, ce roi des pamphlets. Les vers en sont de lui et de Nicolas Rapin, à l'exception de la *Lamentation de l'Ane ligueur*, qui est de Gilles Durant.

Je n'ai pas à l'apprécier ici comme poète latin. Comme poète français, il suivit la tradition savante de la Pléiade, mais en l'assaisonnant de sel gaulois, et en la tempérant de bon sens provincial, on pourrait même dire national.

Au surplus, l'homme est tout entier dans son épitaphe, composée par lui-même, et que voici :

Iean Passerat icy sommeille,
Attendant que l'ange l'esueille,
Et croit qu'il se resueillera
Quand la trompette sonnera.

S'il faut que maintenant en la fosse ie tombe,
Qui ay tousiours aymé la paix et le repos,
Afin que rien ne poise à ma cendre et mes os,
Amis, de mauuais vers ne chargés point ma tombe.

C'était, — à l'instar de Remy Belleau par exemple, — un chercheur souvent heureux en fait de nouveautés rhythmiques. Je ne puis résister au plaisir d'insérer ici, comme preuve de mon assertion, l'odelette suivante, une de ses meilleures trouvailles :

DU PREMIER IOUR DE MAY

Laissons le lit et le sommeil
Ceste iournée :
Pour nous l'aurore au front vermeil
Est desià née.
Or (1) que le ciel est le plus gay,
En ce gracieus mois de may,
Aimons, mignonne ;
Contentons nostre ardent desir :
En ce monde n'a du plaisir
Qui ne s'en donne.

(1) Maintenant.

Vien, belle, vien te pourmener
Dans ce bocage;
Enten les oiseaus iargonner
De leur ramage.
Mais escoute comme sur tous
Le rossignol est le plus dous,
Sans qu'il se lasse.
Oublions tout deuil, tout ennuy,
Pour nous resiouir comme luy :
Le temps se passe.

Ce vieillard contraire aux amans
Des aisles porte,
Et en fuyant nos meilleurs ans
Bien loing emporte.
Quand ridée vn iour tu seras,
Melancholique, tu diras :
I'estoy peu sage,
Qui n'vsois point de la beauté
Que si tost le temps a osté
De mon visage.

Laissons ce regret et ce pleur
A la vieillesse;
Ieunes, il faut cueillir la fleur
De la ieunesse.
Or que le ciel est le plus gay,
En ce gracieus mois de may,

Aimons, mignonne ;
Contentons nostre ardent desir :
En ce monde n'a du plaisir
Qui ne s'en donne.

Ne parlons ici que de l'agencement des vers. Eh bien ! entre nous, cette cadence-là me semble autrement heureuse et variée, autrement souple et vivante, que la strophe uniforme et solennelle dont Malherbe et, après lui, Jean-Baptiste Rousseau et Lefranc de Pompignan, ont si souvent usé, voire abusé :

Que direz-vous, races futures,
Si quelquefois vn vray discours
Vous recite les auentures
De nos abominables iours ?
Lirez-vous, sans rougir de honte,
Que nostre impieté surmonte
Les faits les plus audacieux,
Et les plus dignes du tonnerre,
Qui firent iamais à la terre
Sentir la colere des cieux ?

Et, maintenant, concluons en peu de mots :

Sans doute, ce fut un grand honneur pour Jean Passerat que d'avoir pris part à cette bonne œuvre, à cette œuvre patriotique de la *Satyre Menippée;* mais ce n'est pas non plus un mince titre de gloire que d'avoir créé, — sans le savoir, on peut le dire, et comme en se jouant, — le plus joli rhythme peut-être, le plus délicat joyau que renferme l'écrin, déjà si riche, de notre vieille poésie française.

J'ai tout bonnement et hardiment essayé, dans le présent volume, de marcher sur ses traces, — d'un peu loin, mon Dieu ! je l'avoue, — sans trop me faire illusion, et convaincu d'avance qu'il était bien difficile, pour ne pas dire impossible, — même à plus malin que moi, — de perdre comme lui sa tourterelle.

VILLANELLES

PRÉLUDE

I'ay perdu ma tourterelle :
Est-ce point celle que i'oy ?
Ie veus aller aprés elle.

Tu regrettes ta femelle?
Hélas! aussi fay-ie, moy :
I'ay perdu ma tourterelle.

Si ton amour est fidelle,
Aussi est ferme ma foy :
Ie veus aller aprés elle.

Ta plainte se renouuelle?
Tousiours plaindre ie me doy :
I'ay perdu ma tourterelle.

En ne voyant plus la belle
Plus rien de beau ie ne voy :
Ie veus aller aprés elle.

Mort, que tant de fois i'appelle,
Pren ce qui se donne à toy :
I'ay perdu ma tourterelle,
Ie veus aller aprés elle.

JEAN PASSERAT.

(XVIe siècle.)

I

A JEAN PASSERAT

Vieille, elle est toujours nouvelle :
Non, jamais ne passera,
Passerat, ta villanelle.

« J'ai perdu ma tourterelle... »
Cette chanson restera :
Vieille, elle est toujours nouvelle.

« Je veux aller après elle... »
Oui : mais qui donc l'atteindra,
Passerat, ta villanelle?

3.

Sous son humble ritournelle
Un vrai sentiment vibra :
Vieille, elle est toujours nouvelle.

Couvant sa plaie immortelle,
Tout cœur blessé redira,
Passerat, ta villanelle.

A surpasser ce modèle
Nul effort ne parviendra :
Vieille, elle est toujours nouvelle,
Passerat, ta villanelle.

II

POUR FAIRE

UNE VILLANELLE

Pour faire une villanelle,
Rime en « elle » et rime en « in »,
La méthode est simple et belle.

On dispose en kyrielle
Cinq tercets, plus un quatrain,
Pour faire une villanelle.

Sur le premier vers en « elle »
Le second tercet prend fin :
La méthode est simple et belle.

Le troisième vers, fidèle,
Alterne comme refrain
Pour faire une villanelle.

La ronde ainsi s'entremèle;
L'un, puis l'autre, va son train :
La méthode est simple et belle.

La dernière ritournelle
Les voit se donner la main :
Pour faire une villanelle,
La méthode est simple et belle.

III

ÉVOCATION

Sans trompette ni tambour,
Allons, troupe charmeresse,
Défilez, spectres d'amour.

D'apparaître tour à tour
Que chacun de vous s'empresse,
Sans trompette ni tambour.

Parmi ces feuillets d'un jour
Que j'étouffe sous la presse,
Défilez, spectres d'amour.

Las! mon âge, en plein retour,
File, file avec vitesse,
Sans trompette ni tambour.

A mon triste et froid séjour
Rendez un brin de liesse;
Défilez, spectres d'amour.

Venez au vieux troubadour
Ramentevoir sa jeunesse :
Sans trompette ni tambour,
Défilez, spectres d'amour.

IV

PRIMAVERA

ELLE avait quinze ans à peine,
J'en avais dix-huit au plus;
Souvenir, qui te ramène?

Combien de fois dans la plaine
Nos pas se sont-ils perdus!
Elle avait quinze ans à peine.

Nous poursuivions, hors d'haleine,
Les papillons éperdus;
Souvenir, qui te ramène?

Puis, un jour, sous le vieux chêne,
Nos cœurs se sont entendus;
Elle avait quinze ans à peine.

Bref, on la fit châtelaine,
Et loin d'elle je vécus;
Souvenir, qui te ramène?

C'est une histoire lointaine,
Tous regrets sont superflus.
Elle avait quinze ans à peine;
Souvenir, qui te ramène?

V

ROSSIGNOL, ROSSIGNOLET

Doux virtuose au cœur tendre,
Rossignol, rossignolet,
Qu'il fait bon, la nuit, t'entendre!

Qui donc oserait prétendre
Mieux que toi dire un couplet,
Doux virtuose au cœur tendre?

C'est l'heure où l'on doit m'attendre,
Là-bas, derrière un volet...
Qu'il fait bon, la nuit, t'entendre!

Ne te laisse pas surprendre;
Garde-toi du tiercelet,
Doux virtuose au cœur tendre!

Va, j'ai l'âme à te comprendre;
Que ton chant d'amour me plaît!
Qu'il fait bon, la nuit, t'entendre!

Oh! si tu voulais m'apprendre
A tourner un triolet!
Doux virtuose au cœur tendre,
Qu'il fait bon, la nuit, t'entendre!

VI

LE VIEUX RAMIER

Pour qui cette villanelle
Sur un vieil air de hautbois?
C'est pour vous, pour la plus belle.

En voyant ma pastourelle,
Peut-on demander deux fois :
Pour qui cette villanelle?

Quand vient la saison nouvelle,
Si j'ai retrouvé ma voix,
C'est pour vous, pour la plus belle.

Triste et seul, rentrant son aile,
Le vieux ramier chante au bois;
Pour qui cette villanelle?

Ce n'est pas pour sa femelle;
Elle est morte, au dernier mois :
C'est pour vous, pour la plus belle.

Suivez son conseil fidèle;
Il vous dit d'aimer, je crois.
Pour qui cette villanelle?
C'est pour vous, pour la plus belle.

VII

LE QUATORZE MAI

C'ÉTAIT le quatorze mai,
Un beau jour, un gai dimanche;
Je la vis et je l'aimai.

Dans mon souvenir charmé
Elle revient, rose et blanche;
C'était le quatorze mai.

L'air était tout embaumé,
L'oisel chantait sur la branche;
Je la vis et je l'aimai.

Son bras nu, frais, parfumé,
Brillait, sorti de sa manche;
C'était le quatorze mai.

Son doux visage, animé,
Rayonnait de gaîté franche;
Je la vis et je l'aimai.

Sur ce trésor s'est fermé
Le noir tertre où je me penche...
C'était le quatorze mai,
Je la vis et je l'aimai.

VIII

A MA CHATTE COQUETTE

Allumez vos yeux, Coquette;
On commence à n'y plus voir ;
Éclairez le vieux poète.

Sans vous, ma blanche follette,
Je pourrais broyer du noir :
Allumez vos yeux, Coquette.

Ma chandelle n'est pas prête;
Vous êtes mon seul espoir :
Éclairez le vieux poète.

Tiens ! ma portière discrète
Me glisse un billet ce soir :
Allumez vos yeux, Coquette.

D'un vieil ami c'est la fête ?
On m'invite ? Allons, bonsoir :
Éclairez le vieux poète.

Un autre pour sa toilette
Réclamerait un miroir :
Allumez vos yeux, Coquette ;
Éclairez le vieux poète.

IX

A MON CHAT GASPARD

Viens sur mes genoux, Gaspard;
Que veux-tu, ma pauvre bète!
Coquette aime à rentrer tard.

Va, ce n'est pas au hasard
Qu'on la baptisa Coquette...
Viens sur mes genoux, Gaspard.

Sur un caprice elle part,
La folle! rien ne l'arrète;
Coquette aime à rentrer tard.

Pour nous vieux, parlons sans fard,
Femme jeune, « chère » emplette ;
Viens sur mes genoux, Gaspard.

A ton chagrin je prends part,
Je sais ce qui t'inquiète :
Coquette aime à rentrer tard.

Au fatal « oui » tout vieillard,
Homme ou chat, risque... sa tête.
Viens sur mes genoux, Gaspard ;
Coquette aime à rentrer tard.

X

NID RÊVÉ

Si j'étais une hirondelle,
Je ne voyagerais pas;
Mon nid me verrait fidèle.

Je n'aurais qu'une femelle
Pour l'aimer jusqu'au trépas,
Si j'étais une hirondelle.

Cœur sur cœur, serré contre elle,
Je braverais les frimas;
Mon nid me verrait fidèle.

Mes petits battraient de l'aile;
Je suivrais leurs gais ébats,
Si j'étais une hirondelle.

Chez moi jamais de querelle,
Jamais d'odieux débats;
Mon nid me verrait fidèle.

Pris d'une attache éternelle,
Voudrais-je émigrer là-bas?
Si j'étais une hirondelle,
Mon nid me verrait fidèle.

XI

NID RÉEL

Je ne suis pas hirondelle;
Mon nid, c'est un galetas,
Et pour fuir je n'ai point d'aile.

Je vis seul. Jamais femelle
Du vieux hibou ne fit cas;
Je ne suis pas hirondelle.

A mon foyer mort, je gèle
Quand vient l'heure des frimas,
Et pour fuir je n'ai point d'aile.

Deux chats à fauve prunelle,
Voilà ma famille, hélas!
Je ne suis pas hirondelle.

Compagne sombre et fidèle,
La douleur suit tous mes pas,
Et pour fuir je n'ai point d'aile.

Traînant ma chaîne éternelle,
Pourrais-je émigrer là-bas?
Je ne suis pas hirondelle,
Et pour fuir je n'ai point d'aile.

XII

OISEAU BLEU

Oiseau bleu, couleur du temps,
Où te caches-tu, rebelle?
Oh! vole à moi : je t'attends!

Par un matin de printemps
J'entendis vibrer ton aile,
Oiseau bleu, couleur du temps!

Et, naïf comme à vingt ans,
Je disais : La vie est belle;
Oh! vole à moi : je t'attends!

Las! j'ai compté les instants
Sans te revoir, infidèle,
Oiseau bleu, couleur du temps!

De ses derniers battements
Mon cœur obstiné t'appelle;
Oh! vole à moi : je t'attends!

Idéal, mes cheveux blancs
N'ont pu refroidir mon zèle;
Oiseau bleu, couleur du temps,
Oh! vole à moi : je t'attends!

XIII

UN BAISER

Un baiser, sans plus, mignonne !
C'est bien peu, las ! que c'est peu !
Et, mon cœur, je vous le donne.

Oh ! méchante, soyez bonne ;
Vous savez ? ce n'est qu'un jeu :
Un baiser, sans plus, mignonne !

Oui ? non ? voulez-vous, friponne ?
Ah ! contentez ce cher vœu,
Et, mon cœur, je vous le donne.

5.

N'ayez peur que ça résonne
Comme un indiscret aveu :
Un baiser, sans plus, mignonne!

Qui donc le saura? Personne,
Sinon votre joue en feu;
Et, mon cœur, je vous le donne.

Quel doux espoir m'aiguillonne!
Qu'ai-je lu dans votre œil bleu?
Un baiser, sans plus, mignonne!
Et, mon cœur, je vous le donne.

XIV

LES DEUX ROSES

Rose est la reine des fleurs,
Comme aussi, blonde coquette,
Rose est la reine des cœurs.

De l'aurore quand les pleurs
Viennent d'emperler sa tête,
Rose est la reine des fleurs.

Avec si fraîches couleurs
A-t-on besoin de toilette?
Rose est la reine des cœurs.

Gare aux traîtres enjôleurs!
Son épine les arrête :
Rose est la reine des fleurs.

Au plus heureux des vainqueurs
Amour garde sa conquête;
Rose est la reine des cœurs.

Entre ces jumelles sœurs
La ressemblance est parfaite :
Rose est la reine des fleurs,
Rose est la reine des cœurs.

XV

AU BORD DE L'EAU

Tout le long de la rivière
Nous allions à pas menus
En la saison printanière.

Sa blanche main, prisonnière,
Tremblait sous mes doigts émus
Tout le long de la rivière.

Je lisais son âme entière
Dans ses grands yeux ingénus
En la saison printanière.

A l'amoureuse lumière
Nos deux cœurs s'étaient fondus
Tout le long de la rivière.

Puis, à travers la clairière,
Brilla l'astre de Vénus
En la saison printanière.

Remembrance intime et chère!
Quels doux instants j'ai connus
Tout le long de la rivière
En la saison printanière!

XVI

UNE RELIQUE

Te voilà donc, pauvre fleur,
Entre deux feuillets pressée,
Cadavre ainsi que mon cœur!

Morne, froide, sans couleur,
Sèche, amincie et froissée,
Te voilà donc, pauvre fleur!

Comme a pâli ta fraîcheur,
Ma jouvence est effacée,
Cadavre ainsi que mon cœur!

Toi qu'un jour, chère faveur,
J'obtins de ma fiancée,
Te voilà donc, pauvre fleur!

Morte... et je songe à ta sœur,
A la blanche trépassée,
Cadavre ainsi que mon cœur!

Rien qu'à te voir, de douleur
Je me sens l'âme oppressée...
Te voilà donc, pauvre fleur,
Cadavre ainsi que mon cœur!

XVII

MON DERNIER AMI

Que m'importe un sort funeste?
Il est là, sur mes genoux;
Mon ami, mon chat, me reste.

Ayant pour moi, vieil Oreste,
Ce Pylade simple et doux,
Que m'importe un sort funeste?

Bimanes que je déteste,
Je puis braver tous vos coups :
Mon ami, mon chat, me reste.

Je regrette autant qu'un zeste
Mes plus beaux projets dissous :
Que m'importe un sort funeste?

Qu'un joli démon soit preste
A manquer mes rendez-vous :
Mon ami, mon chat, me reste.

Je suis fou? Soit! Mais j'atteste
Qu'il n'est d'heureux que les fous.
Que m'importe un sort funeste?
Mon ami, mon chat, me reste.

XVIII

LES BELLES-FONTAINES

Au pont des Belles-Fontaines
Quand je puis me promener,
Plus de soucis, plus de peines!

A travers coteaux et plaines
Je m'en vais pèleriner
Au pont des Belles-Fontaines.

Le souvenir de mes chaînes
Veut en vain m'y talonner :
Plus de soucis, plus de peines!

Épanchant ses eaux sereines,
L'Orge se plaît à flâner
Au pont des Belles-Fontaines.

Et j'entends, sous les grands chênes,
Les pinsons me chantonner :
Plus de soucis, plus de peines!

Qu'ils sont beaux, ces verts domaines!
Puissé-je m'y cantonner!
Au pont des Belles-Fontaines,
Plus de soucis, plus de peines!

XIX

LA MARNE

AU PONT DE CHENNEVIÈRES

Au restaurant Delarasse,
Pour voir la Marne couler,
Qu'on est bien sur la terrasse!

Que l'anguille est fraîche et grasse,
Qu'il fait bon s'en régaler
Au restaurant Delarasse!

Pour voir, sur l'onde, avec grâce
La périssoire filer,
Qu'on est bien sur la terrasse!

De rien je ne m'embarrasse
Quand j'ai pu, seul, m'attabler
Au restaurant Delarasse.

Devant un site, qu'embrasse
Le regard sans se troubler,
Qu'on est bien sur la terrasse !

Quand le chagrin me pourchasse,
Là je viens me consoler.
Au restaurant Delarasse,
Qu'on est bien sur la terrasse !

XX

QUITTONS PARIS

Croyez-moi, chère inhumaine,
Pour les rives du Lignon
Quittons les bords de la Seine.

Doux Lignon ! Là se promène
Astrée avec Céladon,
Croyez-moi, chère inhumaine.

Là toute amoureuse peine
Obtient enfin son guerdon ;
Quittons les bords de la Seine.

Là, sur l'écorce du frêne,
Le nom se marie au nom,
Croyez-moi, chère inhumaine.

Oui, c'est là le vrai domaine
De monseigneur Cupidon;
Quittons les bords de la Seine.

Sauvons-nous, ma Célimène,
Au pays d'illusion;
Croyez-moi, chère inhumaine,
Quittons les bords de la Seine.

XXI

LA-BAS

A MON AMI NONCE ROCCA

PRENDS ton vol, ma Fantaisie;
Un ami t'attend là-bas,
A Tunis en Tunisie.

C'est un frère en poésie ;
Tu t'en souviens, n'est-ce pas?
Prends ton vol, ma Fantaisie.

Leur froid te rend cramoisie?
On ne craint plus les frimas
A Tunis en Tunisie.

Leur prose te rassasie?
(Quelle prose encore, hélas!)
Prends ton vol, ma Fantaisie.

S'il te faut de l'ambroisie,
On t'en prépare un repas
A Tunis en Tunisie.

Partons, l'heure est bien choisie;
Vois comme on nous tend les bras.
Prends ton vol, ma Fantaisie :
A Tunis en Tunisie!

XXII

UN RÊVE

Ma brunette vient ce soir,
Elle a daigné me l'écrire :
Songeons à la recevoir.

Fouillons dans chaque tiroir
Et cassons la tirelire :
Ma brunette vient ce soir.

Ne voyons plus rien en noir,
Tout en rose : elle aime à rire...
Songeons à la recevoir.

O douce fièvre d'espoir!
O joie intense! ô délire!
Ma brunette vient ce soir.

Essuyons ce vieux miroir
Où, coquette, elle s'admire :
Songeons à la recevoir.

Mais je rêve, on doit le voir...
C'est jadis que j'ai pu dire :
Ma brunette vient ce soir,
Songeons à la recevoir.

XXIII

TOUT BEAU!

On n'est pas plus indiscrète!
Assez de tours de faveur;
Tout beau, Villanelle, arrête!

Ma plume à rimer s'apprête,
Tu t'y loges sans pudeur;
On n'est pas plus indiscrète!

Chut! notre muse en cachette
Rêve un chef-d'œuvre vainqueur;
Tout beau, Villanelle, arrête!

Vois, c'est chose à moitié faite...
Pourquoi ce rire moqueur?
On n'est pas plus indiscrète!

Mais, dis-tu, certaine fête
Veut un compliment flatteur...
Tout beau, Villanelle, arrête!

Je te chasse de ma tête,
Et tu rentres dans mon cœur?
On n'est pas plus indiscrète;
Tout beau, Villanelle, arrête!

XXIV

UN BOUQUET A CHLORIS

Vous êtes belle et bien faite,
J'en conviens sincèrement;
Mais, vrai, l'on n'est pas plus bête!

Avec cela, fort coquette,
Oh! tout naturellement :
Vous êtes belle et bien faite!

Votre mine est grassouillette,
Votre sourire est charmant;
Mais, vrai, l'on n'est pas plus bête!

Vous n'avez rien dans la tête,
Rien dans le cœur; seulement
Vous êtes belle et bien faite!

Qu'on vous aimerait, muette!
Las! vous parlez constamment;
Mais, vrai, l'on n'est pas plus bête!

Pour le jour de votre fête
Agréez ce compliment :
Vous êtes belle et bien faite;
Mais, vrai, l'on n'est pas plus bête!

XXV

APRÈS BOIRE

A MON VIEIL AMI EUGÈNE VIGNON

Ah! Vignon, pauvre Vignon!
Richement, mon vieux complice,
Ton nom rime avec « guignon ».

Je te plains, cher compagnon;
Tu subis un maléfice...
Ah! Vignon, pauvre Vignon!

Envers toi le Sort grognon
S'est montré plein d'injustice :
Ton nom rime avec « guignon ».

Amoureux de maint chignon,
Tu fis un rude service...
Ah! Vignon, pauvre Vignon!

D'un sexe traître et mignon
Tu supportas maint caprice :
Ton nom rime avec « guignon ».

Pour surcroît, mes vers en « gnon »
Vont prolonger ton supplice :
Ah! Vignon, pauvre Vignon!
Ton nom rime avec « guignon ».

XXVI

FOLLE MUSE

FOLLE muse, vole, vole;
Rivale du papillon,
Vole toujours, muse folle!

Dans ta vive farandole
Fais bouffer ton cotillon :
Folle muse, vole, vole!

Laisse-toi nommer frivole :
Que t'importe, Frétillon?
Vole toujours, muse folle!

Quand la prose à Rocambole
Se traîne dans son sillon,
Folle muse, vole, vole !

Lance au loin ta gaudriole,
Fais sonner ton carillon ;
Vole toujours, muse folle !

Abeille, un frelon te vole ?
Vite, en avant l'aiguillon !
Folle muse, vole, vole ;
Vole toujours, muse folle !

XXVII

JE TISONNE

Je tisonne, je tisonne;
Doux et naïf passe-temps!
Ça ne fait tort à personne.

Le sombre hiver m'emprisonne;
Mais, pour narguer les autans,
Je tisonne, je tisonne.

Aux rêves je m'abandonne,
Je reviens à mon printemps;
Ça ne fait tort à personne.

Pétri de pâte assez bonne,
Au lieu de montrer les dents,
Je tisonne, je tisonne.

Il se peut que je bougonne
Quelquefois, mais pas longtemps;
Ça ne fait tort à personne.

C'est en vain que l'heure sonne,
Je marque toujours vingt ans :
Je tisonne, je tisonne;
Ça ne fait tort à personne.

XXVIII

TRAHI

Trahi par une infidèle,
Que faire ? que devenir ?
Tournons une villanelle.

L'aventure est peu nouvelle,
Et maint autre a dû gémir
Trahi par une infidèle.

En perdant cette donzelle,
Pour perdre son souvenir
Tournons une villanelle.

Bien timbré de la cervelle
Qui songerait à mourir
Trahi par une infidèle!

Contre l'espèce femelle
Afin de nous prémunir,
Tournons une villanelle.

Achevons la ritournelle,
Car il est temps de dormir :
Trahi par une infidèle,
Tournons une villanelle.

XXIX

A LA DIVE BACBUC

DIVE Bacbuc, que j'adore,
Bouche sur bouche, aimons-nous
Toujours, toujours, puis encore!

Tes faveurs, je les implore :
Te posséder est si doux,
Dive Bacbuc, que j'adore !

Rabelais, nul ne l'ignore,
T'aima, sans être jaloux,
Toujours, toujours, puis encore !

8

Je ne suis qu'une pécore,
Mais je comprends tes glouglous,
Dive Bacbuc, que j'adore!

Bouteille, lagène, amphore,
Je veux être ton époux
Toujours, toujours, puis encore!

Oui, ton désir me dévore;
Sois fidèle au rendez-vous,
Dive Bacbuc, que j'adore
Toujours, toujours, puis encore!

XXX

EN HIVER

C'en est fait, je deviens sage,
Sage, hélas! faute de mieux;
Et voilà pourquoi j'enrage.

Espérance, ô doux mirage,
Tu n'enchantes plus mes yeux;
C'en est fait, je deviens sage.

Plus de fol enfantillage,
Plus d'enivrement joyeux;
Et voilà pourquoi j'enrage.

A cheval sur un nuage,
Plus de chasse aux rêves bleus;
C'en est fait, je deviens sage.

Hiver, ton blanc paysage
A déteint sur mes cheveux;
Et voilà pourquoi j'enrage.

Chaque jour, à mon visage
Le miroir dit : « Pauvre vieux! »
C'en est fait, je deviens sage,
Et voilà pourquoi j'enrage.

XXXI

ENCORE UN VERRE

Éclaircis ton front sévère;
La gaîté, c'est la vertu :
Allons, sage, encore un verre!

Ta morale, on la révère;
Mais, entre nous, m'en crois-tu?
Éclaircis ton front sévère.

Sans prétendre (en vain!) refaire
Ce monde assez mal f...ichu,
Allons, sage, encore un verre!

En censeur atrabilaire,
Va, c'est trop avoir vécu ;
Éclaircis ton front sévère.

Ta femme à tous te préfère?
Soit! En es-tu moins... battu?
Allons, sage, encore un verre!

C'est toujours sur cette terre
Le même turlututu.
Éclaircis ton front sévère ;
Allons, sage, encore un verre!

XXXII

BOURGUIGNON

En buvant je me console;
Je suis « Bourguignon salé » :
De rien je ne me désole.

Dans ma bourse le Pactole
N'a jamais par trop coulé :
En buvant je me console.

Oui, j'ai fait plus d'une « école »,
Et sans cesse on m'a « roulé » :
De rien je ne me désole.

A son examen frivole
Cupidon m'a « blackboulé » :
En buvant je me console.

Tout m'a manqué de parole,
Le Sort m'a toujours « volé » :
De rien je ne me désole.

Où je devrais être, un drôle
Chaque jour est installé :
En buvant je me console,
De rien je ne me désole.

XXXIII

ADAM ET EVE

Oui, l'homme est un vilain type,
Une laideur sans bonté :
Sur quoi, fumons une pipe.

Sa morale a pour principe
Un égoïsme éhonté :
Oui, l'homme est un vilain type.

Ève d'Adam participe,
Côte prise à son côté :
Sur quoi, fumons une pipe.

Parfois Ève s'émancipe,
Mais Adam l'a mérité :
Oui, l'homme est un vilain type.

Sphinx qui croquerait Œdipe,
Ève au moins a la beauté :
Sur quoi, fumons une pipe.

Au diable la rime en « ipe » !
Je suis désorienté.
Oui, l'homme est un vilain type :
Sur quoi fumons une pipe.

XXXIV

PIPE CASSÉE

CRÉ nom ! ma pipe se casse :
Faut-il avoir du guignon !
Malheur ! ici-bas tout passe.

Vais-je faire la grimace !
Vais-je être absurde et grognon !
Cré nom ! ma pipe se casse.

Il faut que je la remplace ;
Oui, mais... pas un sou mignon :
Malheur ! ici-bas tout passe.

Pour voyager dans l'espace
C'était mon meilleur wagon :
Cré nom! ma pipe se casse.

Mon œil morne suit la trace
Que laisse un dernier flocon :
Malheur! ici-bas tout passe.

Il ne reste à ma disgrâce
Qu'un triste appui : la raison.
Cré nom! ma pipe se casse;
Malheur! ici-bas tout passe.

XXXV

RONDEAU MANQUÉ

VRAIMENT le diable s'en mêle;
Il me fallait un rondeau,
Je trouve une villanelle.

En prenant la rime en « elle »
J'ai brouillé mon écheveau:
Vraiment le diable s'en mêle.

C'est forcé : la « pastourelle »
Amène son « pastoureau » ;
Je trouve une villanelle.

Puis la douce « tourterelle »
Vient avec son « tourtereau » ;
Vraiment le diable s'en mèle.

J'y mets pourtant tout mon zèle,
Mais au bout de mon rouleau
Je trouve une villanelle.

J'ai beau creuser ma cervelle
Pour obtenir du nouveau,
Vraiment le diable s'en mêle,
Je trouve une villanelle.

XXXVI

PROFESSION DE FOI

Moi, je déteste l'emphase;
Foin du grand style apprêté!
Et je dis « zut » à la phrase.

Emporte d'ici, viédase,
Ton lyrisme frelaté!
Moi, je déteste l'emphase.

Pareil à l'enfant qui jase,
Je rimaille en liberté,
Et je dis « zut » à la phrase.

Que ton Institut t'écrase,
Lauréat, âne bâté!
Moi, je déteste l'emphase.

Je te vois, sans nulle extase,
Le ruban rouge au côté,
Et je dis « zut » à la phrase.

Mon vieux palais qui se blase
A soif de naïveté ;
Moi, je déteste l'emphase,
Et je dis « zut » à la phrase.

XXXVII

IL N'EST PLUS

Il n'est plus, mon vieux Gaspard!
Riez, badauds : moi, je pleure...
J'étouffe, et le cœur me part!

Désormais, je rentre tard :
Triste et vide est ma demeure...
Il n'est plus, mon vieux Gaspard!

Me laissant vivre au hasard,
J'attends qu'à mon tour je meure...
J'étouffe, et le cœur me part!

Sa bonne amitié sans fard
N'avait rien d'un traître leurre...
Il n'est plus, mon vieux Gaspard!

C'était ma dernière part
En ce monde, et la meilleure...
J'étouffe, et le cœur me part!

Ah! du suprême départ
Pour moi peut bien sonner l'heure...
Il n'est plus, mon vieux Gaspard;
J'étouffe, et le cœur me part!

XXXVIII

ORAISON FUNÈBRE

Si Coquette se console,
Soit! Mais, moi, que voulez-vous!
Perdre un ami me désole.

Toute femelle est frivole;
Donc, rien d'étonnant pour nous
Si Coquette se console.

Qu'elle aille, oublieuse et folle,
Séduire d'autres matous:
Perdre un ami me désole.

De Gaspard c'était l'idole;
Hélas! il n'est plus jaloux
Si Coquette se console.

En vain l'ingrate convole
Avec de nouveaux époux :
Perdre un ami me désole.

O Destin, sur ma parole!
C'est le plus dur de tes coups.
Si Coquette se console,
Perdre un ami me désole.

XXXIX

LA JOCONDE

Ange ou démon, je t'admire,
Toi, l'« éternel Féminin »,
Joconde, effrayant sourire !

Ce pli-là, que veut-il dire?
Qu'importe? il est doux et fin :
Ange ou démon, je t'admire.

Jamais savant n'a pu lire
Dans ton grimoire divin,
Joconde, effrayant sourire!

Ton regard fascine, attire,
Puissant comme le destin :
Ange ou démon, je t'admire.

Revis, spectre, et que j'expire
Sous ton baiser assassin,
Joconde, effrayant sourire!

T'adorer ou te maudire,
Tout est là; le reste est vain.
Ange ou démon, je t'admire,
Joconde, effrayant sourire!

XL

SOYONS FRANC

ÉPILOGUE

Soyons franc : à bas la frime!
Ce n'est pas pour toi, lecteur,
C'est pour moi que l'on m'imprime.

A quoi bon m'en faire un crime?
Je ne suis pas né flatteur.
Soyons franc : à bas la frime!

Penses-tu que je m'escrime
Pour tes beaux yeux? Non, farceur:
C'est pour moi que l'on m'imprime.

Mes chers confrères en rime
Te traitent de « monseigneur ».
Soyons franc : à bas la frime!

De l'Institut cacochyme
Je n'attends nulle faveur :
C'est pour moi que l'on m'imprime.

Oui, Quarante, à votre estime
Je renonce, et de grand cœur.
Soyons franc : à bas la frime!
C'est pour moi que l'on m'imprime.

POÉSIES

EN LANGAGE DU XVe SIÈCLE

I

ESPOIR, ABVZ

TRIOLET

ESPOIR est frere ainsné d'Abuz,
Trahissant chascun et chascune.
Meshuy ne m'engignera plus :
Espoir est frere ainsné d'Abuz.

Il m'a prins tout le bien que i'eus,
Me laissant, quoy? Male fortune.
Espoir est frere ainsné d'Abuz,
Trahissant chascun et chascune.

II

VNG LIVRE VIEL

RONDEL

(Rhythme de Froissart.)

VNG liure viel m'arraisonnant tout bas,
Oncq n'ay congneu plus gente causerie.
De tel deuis si fay-ie moult grand cas.
Vng liure viel m'arraisonnant tout bas,
Oncq n'ay congneu plus gente causerie.

De luy respondre obligié ne suis pas;
Puys, aduenant que i'entre en resuerie,
Lors il se taist sanz noyse n'altercas.
Vng liure viel m'arraisonnant tout bas,
Oncq n'ay congneu plus gente causerie.

III

EMMY LA PRÉE

TRIOLET

EMMY la prée, emmy le boys,
Seulet, dolent, ie me pourmeine,
Regretteulx des iours d'autresfoys,
Emmy la prée, emmy le boys.

Et ie me dis souuentesfoys :
Chier passé, nul ne te rameine !
Emmy la prée, emmy le boys,
Seulet, dolent, ie me pourmeine.

IV

LOINGTAIN DE VOVS

RONDEL

(Rhythme de Froissart.)

LOINGTAIN de vous, chier desir de mon cueur,
Ie ne vis plus, ains ie meurs, ma maistresse.
Reuenez tost : ie m'esteins de langueur.
Loingtain de vous, chier desir de mon cueur,
Ie ne vis plus, ains ie meurs, ma maistresse.

Trés-loyaument suis vostre seruiteur ;
Chascun le sçait, et vous-mesme, traistresse !
Ah ! vostre absence est mon soussy greigneur.
Loingtain de vous, chier desir de mon cueur,
Ie ne vis plus, ains ie meurs, ma maistresse.

V

FRANÇOIS VILLON

RONDELET

FRANÇOIS Villon,
Sur tous rithmeurs, à qui qu'en poise,
François Villon
Du mieulx disant eut le guerdon.
Né de Paris emprès Pontoise,
Il ne feit oncq vers à la toise,
François Villon.

VI

CHARLES D'ORLEANS

RONDELET

GENTIL Charlot,
Non tant que François tu me charmes;
Gentil Charlot,
François gaingna le greigneur lot :
Trop mieulx chez luy qu'en tous tes carmes
Sourdre veoit l'on franc rire et larmes,
Gentil Charlot !

VII

VILLON ET MAROT

TRIOLET

Maistre Clement, maistre François,
Sont faictz esgaulx comme de cire;
Romains ne Grecs, ilz sont Gaulois,
Maistre Clement, maistre François.

Ie lès ay leus souuentesfoys,
Et si tousiours les vueil relire :
Maistre Clement, maistre François,
Sont faictz esgaulx comme de cire.

VIII

AV LOVP!

RONDELET

DOVLX aignelet,
Qui vas sautelant par la prée,
Doulx aignelet,
Aguette au loup crueulx et laid.
Ià s'ouure sa goule empourprée :
Fuy par la sente diaprée,
Doulx aignelet !

IX

FOVRRIERS D'AMOVR

RONDEL

(Rhythme de Charles d'Orléans.)

IA sont venuz fourriers d'Amour ;
Ouurez vos petitz cueurs, les belles !
C'est chez vous, frisques iouuencelles,
Qu'il cuide establir son seiour ;
De l'hebergier c'est vostre tour,
Enfantz d'hier, femmes nouuelles
Ià sont venuz fourriers d'Amour ;
Ouurez voz petitz cueurs, les belles !

Au nid d'antan sont de retour
Les iargonnantes arondelles ;
Les tourtereaulx, les tourterelles,
Desgoisent entre eulx nuict et iour.
Ià sont venuz fourriers d'Amour ;
Ouurez vos petits cueurs, les belles !

X

POVRE CVEVR!

TRIOLET

MESCHIEF t'enhorte à t'assagir,
Poure cueur, que mal d'amours dompte.
Viengne Franchise t'eslargir :
Meschief t'enhorte à t'assagir.

Par trop boyre mieulx vault rougir
Que blesmir d'amoureulx mescompte.
Meschief t'enhorte à t'assagir,
Poure cueur, que mal d'amours dompte.

XI

GVARISON

BALLADE

POVR tout guerdon de ma dure constance
Rien n'eus de vous, cueur faulx et losengier,
Fors mautalent, plours et desesperance.
Que n'ay-ie sceu d'aduance tel dangier !
Ne me feusse oncq mis en tel destourbier.
Las ! regretter ne me console mye;
Le mieulx encore est de vous oublier,
Puisqu'auecq vous ay Fortune ennemie.

Vng moins aymant aura vostre fiance,
Mais pou m'en chault : bien sçauray me vengier.
A dire voir, il m'aduint grand meschance
Le traistre iour qu'en vous me pleut songier.

Plus baudement me fauldra voyagier
En ce bas monde, et faire chiere lye.
Meilleur desduict songeons à pourchassier,
Puisqu'auec vous ay Fortune ennemie.

Bien y mettray, Dieu grace, pourueance,
Car en son mal fol qui veult s'atargier;
Mon medicin Bacchus, ma recouurance,
De tant griefs maulx viendra me soulagier
Et gracieulx ma destresse allegier.
Foin de rancueur et de merencolye!
En vin pretends, non en eau, me noyer,
Puisqu'auecq vous ay Fortune ennemie.

ENVOY

Guary pieça suis d'espoir mensongier;
Au diable voyse à present doulce amie!
Meshuy ie vueil gaudir, m'eslyessier,
Puisqu'auecq vous ay Fortune ennemie.

XII

FELONS AMOVREAVLX

RONDEL

(Rhythme de Charles d'Orléans.)

Sus doncques, guerpissez mon huys,
Felons Amoureaulx, dond ie grongne !
Ie nacquis enfant de Bourgongne,
Cythere oncq ne feut mon pays.
Vostre serf pieça ie ne suys,
Laissez-moy deuenir yurongne.
Sus doncques, guerpissez mon huys,
Felons Amoureaulx, dond ie grongne !

De tout mon cueur ie vous refuys,
Ceans plus n'aurez de besongne.
Mon ventre emplir, paindre ma trongne,
C'est mon vueil : foin de voz desduictz !
Sus doncques, guerpissez mon huys,
Felons Amoureaulx, dond ie grongne !

XIII

BOYRE ME DVIT

BALLADE

OV temps passé, quand soubz les cieulx
Flourissoit ma verde iouuence,
Le plus felon de tous les dieux,
Amours, me paissoit d'esperance.
Las! qu'en ay-ie eu? Riens, fors greuance,
Dueil, meschief... et ce qui s'en suyt:
Meshuy ie vueil soingner ma panse;
Trop mieux qu'aymer boyre me duit.

Feru de beaulx et traistres yeulx,
A mon mal ie quiers allegeance;
Or n'y treuue remedes tieulx
Qu'emplir mon voirre en conscience.

Practicquant tant doulce obseruance,
Ie guaris le feu qui me cuit;
Vuide à mes hoirs lairray la manse :
Trop mieulx qu'aymer boire me duit.

A Bacchus le solacieulx
Si me rends lige en grand plaisance;
Cupido le fallacieulx
De moy ne faira plus vantance.
Voyse en ses lacz sans mesfiance
Nice cueur prins à son desduict;
Moy, qui congnois telle accointance,
Trop mieulx qu'aymer boyre me duit.

ENVOY

Amours de ma longue attendance
Ne m'a guerdonné iour ne nuict;
Pour ce, ie le dis sanz doubtance :
Trop mieulx qu'aymer boyre me duit.

XIV

OV BOYS IOLY

RONDELET

OV bois ioly,
Vestu de flours et de verdure,
Ou boys ioly
I'erroye, angoisseulx, affoly;
Plaingnant mon essoyne tant dure,
Amours m'offrist doulce aduenture
Ou boys ioly.

XV

DOVLX BAISIER

TRIOLET

IE l'ay mussié dedens mon cueur,
Ce doulx baisier, flour de Tendresse;
Emblé par moy maugré Rigueur,
Ie l'ai mussié dedens mon cueur.

Ce sera mon thresor greigneur,
En tout temps, ma mieudre richesse;
Ie l'ay mussié dedens mon cueur,
Ce doulx baisier, flour de Tendresse.

XVI

TEMPS CRVEVLX

RONDELET

Le Temps crueulx
Chanter me fait, las! triste gamme;
Le Temps crueulx
A prins mes beaulx espoirs ioyeulx;
Emblé m'a tout l'heur de mon ame...
Par contre, il m'a laissié ma femme,
Le Temps crueulx!

XVII

NONCHALOIR

RONDEL

(Rhythme de Froissart.)

De nulle riens ne fault trop se douloir,
Laissons tourner ceste machine ronde;
Saige est celuy qui vit en nonchaloir :
De nulle riens ne fault trop se douloir,
Laissons tourner ceste machine ronde.

S'elle ne va selonc nostre vouloir,
Qu'y fairons-nous? Changerons-nous le monde?
Non : beuuons sec, c'est tout nostre pouuoir.
De nulle riens ne fault trop se douloir,
Laissons tourner ceste machine ronde.

XVIII

IMPENITENCE

VIRELAI

(Rhythme d'Alain Chartier.)

TRISTE remembrance !
Hé ! Dieu ! quand i'y pense,
Ce m'est grand penance :
Las ! de ma iouuence
A passé la flour.

Sanz doubter meschance,
Bercé d'esperance,
Plain de desirance,
Auècq Oubliance
Ay faict long seiour.

Nice troubadour,
Assoty pastour,
Serf ie feus d'Amour ;
Mais de ma folour
Ie n'ay repentance.

Ouyl, maugré Doulour,
Bel Aage engignour,
En moy fay retour,
Ne fust-ce qu'vng iour...
Et ie recommence.

XIX

COMPLAINCTE

IE me complains du temps que i'ay perdu
Et à galler nicement despendu
Sanz que iamais riens ne m'ayt l'on rendu
De ma largesse ;

Ie me complains de la lourde simplesse
Qui m'a faict croyre à la faulse tendresse
De mainte et mainte engigneuse maistresse
Au doulx regard ;

Ie me complains et du tiers et du quart,
Surtout d'Amours, le serpent fretillard,
Qui grouille encore en moy, poure vieillard
A face blesme ;

Ie me complains de tout, et de moy-mesme;
Plus rien ne veois qui s'adiuste à mon esme ;
Mon remanant de iours est vng quaresme,
Et, pour finir,

Tout me desplaist, le passé, l'aduenir,
Et le present dont ie ne puis cheuir ;
Ce nonpourquant, remords ne repentir,
Ie n'en vueil mye.

Mais qu'est-ce? quoi? Dea! la folle escremie!
Contre le sort luicter nous ne pouuons :
Resueillons-nous... Hé! bouteille ma mye,
Que fais-tu là? C'est trop geindre : beuuons.

XX

ADIEV TOVT!

LAI

De sa dent soutiue
Vieillesse furtiue
Me mord;

Ma nef, qui desriue,
S'esloingne fuytiue
Du port...

Puisqu'en vain i'estriue,
Adieu tout, et viue
La mort!

XXI

NE TE DOVLOVSE TANT

TRIOLET

Ne te doulouse tant, mon cueur :
Tu vas bientost dormir ton somme.
Laisse doncq là toute rancueur ;
Ne te doulouse tant, mon cueur.

Monstre-toy constant belliqueur,
Et iusqu'au bout sois vng cueur d'homme.
Ne te doulouse tant, mon cueur,
Tu vas bientost dormir ton somme.

XXII

CY GIST

EPITAPHE ANTICIPÉE

CY gist qui ne sceut oncq riens faire,
Ne bien ne mal, vng poure here.
Viuant, legier feut à la terre :
La terre, à luy mort, soit legiere.

EXPLICIT

TABLE

POÉSIES EN LANGAGE DU XVe SIÈCLE

FIN DE LA TABLE

PETITE COLLECTION ELZEVIRIENNE

Catalogue complet (1er mars 1879)

THÉOLOGIE

Histoire ecclésiastique
Protestantisme

1. SINISTRARI. *De la Démonialité* . . . . 5 fr.
2. VALLA, *La Donation de Constantin*. . . . 10 fr.
3. *Les Ecclésiastiques de France*. . . . . . 2 fr.
4. HUTTEN. *Julius*. 3 fr. 50
5. *Luther et le Diable*. 4 fr.
6. BÈZE (Théod. de). *Passavant*. . . . . . 3 fr. 50
7. *Passevent Parisien*. 3 fr. 50

PHILOSOPHIE

Mœurs et Usages, Histoire

1. LA MOTHE LE VAYER. *Soliloques*. . . 2 fr. 50
2. POGGE. *Un Vieillard doit-il se marier?* 3 fr.
3. POGGE. *Les Bains de Bade*. . . . . . . 2 fr.
4. ÉRASME. *La Civilité puérile*. . . . . . . 4 fr.
5. ESTIENNE (Henri). *La Foire de Francfort*. 4 fr.
6. GESNER. *Socrate et l'Amour Grec*. . . 3 fr. 50
7. TACITE. *La Germanie*. 3 fr. 50
8. HUTTEN. *Arminius*. 2 fr.
9. *Remonstrance aux François*. . . . . 1 fr.

POÉSIE

1. DU BELLAY. *Jeux rustiques*. . . . . 3 fr. 50
2. DU BELLAY. *Les Regrets*. . . . . 3 fr. 50
3. BONNEFONS. *Pancharis* . . . . 4 fr.
4. BOULMIER. *Villanelles*.

CONTES ET NOUVELLES

1. ARISTENET. *Épistres amoureuses* . . . . 5 fr.
2. BOCCACE. *Décaméron*, 6 volumes. . . . . 30 fr
3. POGGE. *Facéties*, 2 vol. (20 fr.). . . . . *Epuisé*.
4. FAVRE. *Jean-l'ont-pris*. 3 fr.
5. DENON. *Point de lendemain*. . . . . . . 4 fr.
6. CASTI. *La Papesse*. 10 fr.

PHILOLOGIE

Histoire littéraire

1. NAUDÉ. *Advis pour dresser une Bibliothèque*. . . . . 4 fr.
2. LA MOTHE LE VAYER. *Hexaméron rustique* (3 fr. 50.) . . . *Epuisé*.
3. GRIMAREST. *Vie de Molière*. (5 fr.) *Épuisé*.
4. *Les Intrigues de Molière*. (6 fr.) *Epuisé*.
5. *Molière jugé par ses Contemporains*. . 4 fr.
6. *Élomire hypocondre*. 10 fr.

En préparation : (Mœurs et usages) JEHAN DE BRIE, *Le Bon Berger*. — (Contes et Nouvelles) ARIOSTE, *Roland furieux*; *L'Heptaméron* de la REINE DE NAVARRE, etc.

Paris. — Typ. G. Chamerot, rue des Sts-Pères, 19. — 7430.